AF602273

LES GALANTS

DU TEMPS JADIS

POISSY. — TYPOGRAPHIE ARBIEU.

ALEXANDRE RAYMOND

LES GALANTS
DU TEMPS JADIS

ESSAIS LITTÉRAIRES SUR LE MOYEN AGE

Où sont les gratieux gallants
Que je suivoye au temps jadis,
Si bien chantants, si bien parlants,
Si plaisants en faits et en diets.
(FRANÇOIS VILLON).

PARIS
COULON-PINEAU, LIBRAIRE
PALAIS ROYAL, GALERIE D'ORLÉANS, 16

1855

A MON FRÈRE

Dies ejus velocius transierunt quàm a texente tela succiditur et consumpti sunt absque ullâ spe.

(Ancien Testament, livre de Job.)

Ses jours s'en sont allés errant
Comme, dit Job, d'une touaille
Sont les filetz, quand tisserant
Tient en son poing ardante paille.

(François Villon.)

Les vieux auteurs avaient coutume de dédier leurs œuvres aux personnes qui leur étaient chères. Je fais comme les vieux auteurs. Ton souvenir, mon bon Richard, est pour moi comme un ami que j'aime à consulter : il est le cœur dans lequel je vais me réfugier, toutes les fois que j'ai besoin de conseils ou de consolations.

Du reste, n'as-tu pas droit à la dédicace de ces quelques essais auxquels tu as tant contribué par tes recherches ?

La poésie de l'auteur grivois et sentimental du *Petit* et du *Grand Testament* t'avait séduit ; tu m'avais demandé de donner dans mon volume une petite place à ton admiration pour lui. Je te l'avais promise, mais la mort ne t'a pas permis de finir ton travail. Tes notes m'ont servi, n'est-il pas juste que je te restitue un bien qui t'appartient en partie ?

J'ai hésité cependant : ne désirais-tu pas dédier *les Galants du temps jadis* à une personne qui a tout le charme et toute la poésie des *neiges d'antan* ?

J'aurais peut-être dû respecter ton désir ; mais *elle*, y eût-elle consenti ? La vie des souvenirs s'éteint vite chez les femmes : seuls nous savons les enfermer et les conserver dans nos cœurs ?

Alexandre Raymond.

Il est difficile, de nos jours, de faire accepter un ouvrage sur les auteurs du moyen âge, sans y mêler une foule de questions d'archéologie et de philologie. La science a complétement envahi le domaine de la littérature d'autrefois. C'est à peine si elle a laissé un pauvre petit coin aux appréciations littéraires. Doit-on s'étonner, après cela, si les poëtes qui firent jadis le charme de nos ancêtres sont si peu connus aujourd'hui?

Nous ne méprisons pas la science littéraire. Loin de là, elle a son utilité, sa nécessité. C'est elle qui nous a rendu plus facile la lecture des charmants écrits de nos pères.

Mais pourquoi s'être borné à faire des aperçus scientifiques? Pourquoi ne pas avoir consacré de temps en temps une page à l'analyse de la partie artistique?

La science ne s'acquiert que par de longs travaux. Le sentiment artistique, au contraire, a tout le caractère de la spontanéité. Aussi les natures susceptibles de comprendre les beautés de l'art sont-elles en beaucoup plus grand nombre que les intelligences capables de se plier aux fatigantes recherches de la science.

Pourquoi dès lors ne pas avoir fait dans l'étude des poëtes du moyen âge une part aussi grande aux premières qu'aux secondes?

Notre but est d'arriver à rendre nos vieux auteurs à l'admiration qui leur est due. Nous n'y parviendrions pas en présentant nos essais sous une forme qui ne serait comprise que de quelques privilégiés. Aussi avons-nous tâché, dans

les pages que nous livrons à la publicité, d'écarter, autant que possible, toute dissertation scientifique.

C'est par là seulement que nous croyons pouvoir réussir à rendre populaires les *Galants du temps jadis*.

LA CHANSON DE ROLAND

THÉROULDE

Assez de gens sunt mult dolans
De ce que l'on trahist Rollans.

LA CHANSON DE ROLAND

Tacite a dit : « Un besoin commun à toute » nation est celui de transmettre à la postérité » les actions qui peuvent l'illustrer. » Lorsque la civilisation chez un peuple est avancée, lorsque la critique, résultat nécessaire du développement des facultés intellectuelles, est éclairée, l'histoire, récit fidèle et exact, sinon toujours impartial, suffit pour faire connaître aux âges futurs un grand fait ou un grand homme.

Mais quand ce peuple est jeune, vierge encore de ces discussions de parti qui forment aujourd'hui le fond de la plupart de nos œuvres historiques, le récit d'une grande action prend généralement chez son auteur la forme et la couleur de l'épopée.

Alors le poëte, barde ou trouvère, s'enveloppe du manteau de la fiction, et accompagne ses chants d'un rhythme, d'une mesure, qui lui permettent de développer tous les trésors de son imagination.

C'est pour cela que les premiers écrivains chez les peuples ont presque toujours été des poëtes.

Dès lors, si le narrateur, si l'historien accorde sa lyre au ton d'une puissante inspiration, il transmettra à ses concitoyens une œuvre de génie ; il les dotera d'un poëme épique. C'est Homère léguant à sa patrie une Iliade ou une Odyssée.

Mais lorsque, au contraire, l'inspiration n'a pas de puissance, lorsque l'imagination du poëte est froide, il ne peut laisser à son pays qu'une longue, fade et ennuyeuse composition. Tels sont, pour la plupart, les immenses poëmes de chevalerie que nous avons reçus du moyen âge.

Cependant, avouons-le, au milieu de ce fouillis, tant latin que français, au milieu de tous ces contes chrétiens replâtrés avec des réminiscences du paganisme, on découvre un principe d'où toutes ces fictions découlent.

C'est ce principe, cette idée première que nous voulons retrouver.

Nos premières histoires sont des chroniques. Grégoire de Tours, Eginhard, l'archevêque présumé Turpin, sont à peu près les seuls historiens qu'ait produits la France avant le xe siècle (1). Aussi ne nous ont-ils laissé que des récits latins.

Mais la conquête franque avait apporté un autre langage que le vaincu devait nécessairement finir par s'approprier. Lorsque la race carlovingienne eut renversé celle de Clovis, et l'eut remplacée, la domination austrasienne

(1) Nous essayerons même de prouver, plus loin, que la chronique de l'archevêque Turpin est postérieure au xe siècle, et appartient au xie et peut-être au commencement du xiie.

qu'elle représentait donna une nouvelle influence à la langue primitivement importée par les Francs. Alors celle des conquérants se confondit avec le latin, et de là naquit un nouvel idiome. Ce fut la langue romane, qui se divisa en deux parties : langue d'*Oc* et langue d'*Oil*.

Nous ne nous occuperons que de la langue d'Oil.

Il faut toujours un grand homme pour créer un peuple, pour lui donner le cachet de ses mœurs, de ses coutumes et de son langage. Aussi, voyons-nous apparaître alors la plus grande figure du moyen âge. Charlemagne monte sur le trône. Il fait de son règne une épopée. Il éblouit ses sujets mêmes à force de gloire. Le peuple le chante et chante ses héros, compagnons de ses triomphes. Cent cinquante ou deux cents ans plus tard, paraît un homme de génie qui recueille tous les souvenirs de ses concitoyens, ces souvenirs de famille, propagés au coin du feu dans les longues veillées de l'hiver, et conservés comme autant de saintes légendes. Cet homme coordonne toutes ces histoires; il en fait un tout, un seul récit, dans toute la sincérité et la candeur de son âme. Il vient de créer un poëme épique.

C'est Théroulde.

Nous considérons Théroulde, non-seulement comme le plus ancien des poëtes qui ont célébré les héros de Charlemagne, mais même comme antérieur à tous les écrivains qui ont propagé les poëmes de chevalerie du cycle de la Table Ronde.

Théroulde est le père de tous ces romans dont fut inondé le moyen âge. Nous plaçons son œuvre, comme date, avant celle du prétendu archevêque Turpin. Nous dirons plus loin pourquoi. C'est l'auteur de la *Chanson de Roland* qui a fourni à tous les trouvères du cycle de Charlemagne la base de leurs écrits.

Mais il est une chose que nous devons faire remarquer, et nous remercions le savant éditeur de notre poëte, M. Genin, de l'avoir compris comme nous, c'est que le poëme de Théroulde n'est pas un roman purement et simplement comme les œuvres de ses copistes; c'est un vrai poëme, un grand et majestueux poëme épique. Il peut être mis à côté de celui d'Homère, car il est simple et naïf comme celui du poëte grec. Comme Homère, Théroulde chante une grande catastrophe ; comme lui il pleure sur la fin d'un illustre héros. Comme dans le barde de la Grèce, ses images sont grandes, coloriées et vivement senties. Et, ce qui fait la beauté du poëme épique, la foi déborde dans l'œuvre du poëte gaulois.

La France ne peut plus se plaindre désormais de ne pas posséder d'épopée. Homère et Théroulde, nous en demandons pardon aux autres nations, sont peut-être les seuls grands poëtes héroïques. Pourquoi? Parce que de tous les écrivains qui ont accordé leur lyre pour chanter une grande douleur, ils ont cru à la vérité de leurs paroles. Ce qui pour les autres n'était qu'une fiction, était pour eux un fait réel ; ils ont donc dû prêter à leur merveilleux les couleurs de la réalité.

L'art n'existe pas sans la foi, et la poésie est l'une des plus belles, sinon la plus belle expression de l'art.

Aussi la plupart des épopées sont-elles incomplètes. Milton, lui-même, tout grand, tout profond qu'il est dans certains passages du *Paradis perdu*, n'a pas toujours compris l'homme sauvage et barbare comme devait l'être Adam. Il en est de même de Klopstock, dont la *Messiade* eût dû être écrite par un de ces premiers chrétiens, martyrs d'une religion dont ils étaient les prophètes et les apôtres. L'*Enéide*, la *Jérusalem délivrée* et la *Lusiade* pèchent aussi contre cette condition.

Des œuvres plus véritablement belles, mais dont le genre, quoique épique, s'éloigne de celui d'Homère et de Théroulde, sont : la *Divine Comédie*, du Dante, le *Faust* et le *Werther*, de Gœthe, le *Don Juan*, le *Childe Harold* et le *Manfred*, de lord Byron, le *Karl*, de Mickiewickz, et la *Lélia*, de George Sand.

L'œuvre du Dante, surtout, est la plus belle épopée dont un homme ait jamais enrichi son pays. Celles que nous avons citées après lui, quoique moins grandioses, sont encore des aspirations sublimes vers la foi, vers l'inconnu, vers l'art, des cris de désespoir contre le génie du mal, contre le scepticisme du siècle.

L'esprit d'analyse n'a jamais pu produire la poésie, la grande et majestueuse poésie épique. Nous ne croyons donc pas que les auteurs de l'*Enéide*, du *Paradis perdu*, de la *Messiade*, etc... aient cru à ce qu'ils avançaient eux-mêmes; ils appartenaient à une époque de civilisation trop avancée.

On aura beau nous objecter que, par une hallucination de l'esprit, le poëte peut arriver à se reporter au temps qu'il veut peindre et adapter, pour un moment, les croyances au merveilleux de cette époque. Nous ne l'admettons pas. La foi ne réside pas dans la tête. Elle a son siége dans le cœur.

Comment donc se fait-il que le Dante et Byron aient pu écrire des chants aussi sublimes? Tous deux appartiennent aux deux époques les plus éclairées de la littérature.

C'est que le Dante et Byron ont entrepris une œuvre qui n'était plus celle de leurs devanciers. Homère et Théroulde chantaient un homme; Dante et Byron chantent un siècle. Ils sont même plus grands que leurs rivaux. Ils chantent l'humanité!

Seulement, chez Byron, nous l'avouons, on ne reconnaît pas de prime abord la foi pour guide. On croit, au contraire, voir son Dieu dans le doute. Mais ce doute n'est-il pas une ardente aspiration vers la croyance ? La foi est dans son cœur. L'esprit seul est rebelle.

Où n'ai-je pas erré ?... Mais errer, est-ce vivre ?
N'est-il pas dans le ciel, dans nous-même, ici-bas,
Quelque but éclatant pour diriger nos pas,
Et vers qui l'espérance, en marchant, puisse dire :
S'il m'échappe, du moins je sais à quoi j'aspire.
. . . .
. . . .

L'homme seul ne voit rien pour marquer son chemin
Qu'hier et qu'aujourd'hui semblables à demain,
Et changeant à toute heure et de but et de route,
Marche, recule, avance et se perd dans son doute.

(Lamartine, dernier chant de *Childe Harold*.)

C'est Byron qui vous parle par la voix de Lamartine ; ne sentez-vous pas dans ces vers la foi se débattant entre les serres du doute ?

Les poëmes de ces deux écrivains ne sont donc pas de véritables épopées, ainsi qu'on le comprend dans toute l'acception du mot. Aussi le merveilleux des poëtes héroïques ne se trouve t-il chez eux qu'à l'état de rêve, de fantasmagorie. Mais ces rêves n'acquièrent-ils pas dans le Dante toute la grandeur et toute la majesté d'une évocation infernale d'Homère.

Désormais une épopée n'est plus possible. Il n'existe plus de peuple neuf, ou, s'il en existe, il ne parviendra à écrire qu'en se frottant à la civilisation moderne. Dans ce contact avec elle, il perdra nécessairement sa foi, ses illusions. Nous n'avons donc à espérer de poëmes épiques, que de ces puissantes imaginations qui, comme Gœthe, Mickiewickz ou Sand, à la vue des turpitudes du siècle, jetteront un cri d'amertume et de désespoir, ou bien, comme lord Byron, donneront à leur plume toute la vigueur mordante du sarcasme et de l'ironie.

Mais si nous voulons une grande œuvre, si nous cherchons un Homère, demandons-le à une époque nouvelle, régénératrice, ayant foi dans l'art; demandons-le à cette jeunesse pleine d'ardeur, de courage et de persévérance qui veut la révolution littéraire. Elle seule pourra nous donner encore de la croyance et des illusions. Elle seule pourra trouver encore dans ses rangs un poëte épique capable de chercher quelque œuvre nouvelle du cœur dans des mondes inconnus jusqu'à ce jour.

Sinon, jetons-nous dans les bibliothèques, fouillons dans nos vieux monuments, nous y trouverons peut-être, enfoncées et perdues, des œuvres magnifiques comme celle de Théroulde.

Nous avons dit que nous considérions la *Chanson de Roland* comme antérieure à tous les romans qu'ont produits les cycles de Charlemagne et de la Table Ronde. Nous l'avons même placée, comme date, avant la chronique de l'archevêque Turpin.

Lisons les immenses poëmes que nous ont laissés les souvenirs du roi Artus : nous verrons que ce sont des récits suivis, étudiés, littéraires, écrits pour être lus et charmer les loisirs des seigneurs et des châtelains. L'œuvre de Théroulde, au contraire, a été faite pour être chantée. Des répétitions nombreuses s'y font remarquer ; et malgré les légers changements que nous pouvons découvrir dans ces répétitions elles-mêmes, il n'est pas probable, comme le fait observer judicieusement M. Monin, dans sa *Dissertation sur la chanson de Roland*, que le poëte se soit amusé à répéter deux ou trois fois la même chose pour le plaisir d'y faire deux ou trois changements.

Nous en donnons un exemple :

Ço n'est, dist Guesnes, tant cum vivet ses nies;
N'at tel vassal suz la cape del ciel.
Mult par est proz sis cumpains Oliver;
Les XII pers, que Carles ad tant chers
Fur't les enguardes à XX mille chevalers;
Soürs est Carles que nul hom ne creut.

» Ce n'est pas, dit Ganelon, tant que vivra
» son neveu, il n'y a pas un tel vassal sous la
» cape du ciel; son compagnon Olivier est
» pareillement preux; les douze pairs que
» Charles aime tant font l'avant garde à vingt-
» mille chevaliers. Charles est sûr de ne rien
» craindre. »

Ço n'iert, dist Guesnes, tant cum vivet Rollans,
N'ad tel vassal d'ici qu'en Orient.
Mult par est proz Oliver sis cumpainz;
Le XII pers que Carles aimet tant
Funt les enguardes à XX milie de Francs :
Soürs est Carles, ne creut hom vivant.

« Ce ne sera pas, dit Ganelon, tant que vi-
» vra Roland ; il n'y a pas un tel vassal d'ici
» en Orient ; il est pareillement preux Olivier,
» son compagnon ; les douze pairs que Charles
» aime tant, font l'avant-garde à vingt milliers
» de Francs. Sûr est Charles de ne craindre au-
» cun homme vivant. »

Ces deux morceaux se trouvent séparés à peine par cinquante vers. Est-il à présumer que Théroulde ait fait ces variantes comme simple exercice d'esprit ? Le jeu eût été trop puéril. Le poëme du trouvère franc, comme celui d'Homère, n'était qu'une compilation, des répétitions devaient nécessairement s'y trouver, et l'auteur qui a coordonné les chants, a préféré ne pas les élaguer pour conserver à son œuvre le cachet de simplicité qui devait en faire la principale beauté.

L'homme chante toujours avant d'écrire. Nous n'avons trouvé dans nos bibliothèques aucun manuscrit qui permette de croire que les romans de la Table-Ronde eussent, comme celui qui nous occupe, le chant pour origine. Ils lui sont donc postérieurs.

Quant à ce qui regarde l'antiquité de notre poëme, la question n'a pas encore été résolue et ne le sera probablement pas de longtemps. Cependant, nous pouvons par quelques écrits du XIe et du XIIe siècle, sinon lui assigner une date précise, du moins montrer les époques auxquelles il existait déjà.

Si nous lisons le *Roman de Rou*, poëme du XIIe siècle, nous y trouvons que la *chanson de Roland* a été, en 1066, chantée à la bataille d'Hastings :

> Taillefer qui moult bien cantoit,
> Sor un cheval qui tost aloit,
> Devant le dus (*duc*) aloit cantant
> De Carlemaigne et de Rollant
> Et d'Olivier et des vassals
> Qui morurent en Renschevals (*Ronceraux*).

(*Roman de Rou*, par WACE, t. II, p. 214).

Or, qu'était Taillefer? un jongleur anglo-normand.

> Taillefer est cil appellez
> Juglère hardi estoit assez.

(GEOFFROY GAIMAR, t. I, p. 68, des *Chroniques anglo-normandes*, publiées par Francisque Michel. Rouen, 1836, in-4°.)

Il n'est pas à présumer que ce jongleur chevalier soit le compositeur de la *chanson de Roland*. S'il l'eût été, Wace et Gaimar nous l'auraient probablement appris.

Du reste, les fables sur Charlemagne étaient déjà tellement répandues en Angleterre et en France, au XIIe siècle, qu'un poëte franc versifia un voyage de Charles à Constantinople. Et cette œuvre doit nécessairement venir après celle de Théroulde, car elle avait pour base un conte, tandis que la bataille de Roncevaux, comme la guerre de Troie, est un fait acquis à l'histoire.

Nous pouvons donc faire remonter la *chanson de Roland* jusqu'au Xe siècle.

Maintenant, est-il présumable qu'elle ait été inspirée par la chronique de l'archevêque Turpin? Et d'abord, l'authenticité de cette chronique est-elle bien établie? Malgré le décret du pape Calixte II, en 1122, nous sommes persuadé qu'elle n'est pas une œuvre du siècle de Charlemagne. La décision même du souverain pontife nous donnerait à croire qu'elle n'est pas antérieure à son époque, qu'elle a même été forgée par son ordre. Pour qu'un pape s'occupât d'une pareille question, il fallait que les contestations fussent à ce moment bien vives à son sujet, conséquemment que le débat ne fut pas bien vieux, ou bien que lui-même y eût quelque intérêt.

D'ailleurs, si Théroulde se fût inspiré de Turpin, comment eût-il imaginé de faire périr à Roncevaux le chantre de la mort de Roland ? Comment se fait-il surtout qu'il n'ait rien dit du véritable but de l'archevêque, le voyage à Saint-Jacques de Compostelle ?

Cette vénération nécessaire de l'auteur pour ce qui est saint et sacré, cette tournure complétement religieuse d'un roman guerrier, cette invasion en Espagne dans le but de faire un pèlerinage à une église, tout cela ne ressort-il pas clairement de l'époque des croisades ? L'idée de la délivrance du tombeau du Christ, alliée avec le souvenir encore vivant de Charlemagne, a produit la chronique de Turpin.

Puis une dernière observation que nous fournit l'excellent ouvrage de M. Monin : « La *chan-*

» *son de Roland* n'est que la seconde moitié
» de Turpin, et un des faits les plus reconnus
» que présente l'histoire si obscure des romans
» du moyen âge, c'est qu'ils n'ont jamais été
» en se décomposant, mais, au contraire, en
» se combinant plusieurs en un seul. »

Nous nous sommes étendu longuement sur une question d'archéologie. L'historien et le littérateur sont pareils au numismate. Trouvent-ils une médaille, un bijou auxquels ils ne peuvent assigner une date certaine, ils cherchent à le faire remonter le plus haut possible. L'antiquité donne toujours aux objets d'art une valeur, un charme que ne possèdent pas ceux d'une date plus récente. Le champ des recherches qu'elle ouvre est souvent exploité; mais il est tellement large, que toujours on y rencontre quelque chose de neuf. Par elle on se souvient, et se souvenir, c'est vivre. Aussi comprenons-nous la passion de l'antiquaire'

Nous demandons pardon au lecteur de cette petite digression. Elle servira de repos au milieu des recherches qu'il veut bien faire avec nous dans le pêle-mêle de vieux manuscrits du moyen âge.

Désormais, cependant, nous allons aborder une tâche plus facile et plus agréable. Nous ne ferons plus que de la simple littérature.

Le caractère le plus distinctif de la chanson populaire, c'est la verve, le feu avec lequel elle entame son sujet. Tout chez un peuple est vie, action. Il réfléchit peu; il voit, mais il ne se rend pas compte de ses observations; il sait, mais il n'analyse pas la sensation qu'il manifeste. Il est donc bien rare qu'une œuvre qui reflète ses sentiments ait un préambule. Nous l'avons dit plus haut, la *chanson de Roland* n'est qu'un recueil de chants populaires. Aussi Théroulde a-t-il laissé à son récit un cachet de brusquerie d'un pittoresque charmant.

Il entre sur-le-champ dans le cœur de l'action, et néanmoins la mise en scène est grande malgré sa simplicité, large malgré son type de naïveté.

Dès le début, il transporte ses personnages dans les lieux qui doivent être témoins de leur gloire et de leur infortune :

Carles li reis, nostre emperere magne
Set ans tut plains ad ested en Espagne.

« Charles le roi, notre grand empereur, a été
» sept ans tout pleins en Espagne. »

Nous ne donnerons pas l'analyse du poëme. Tous nos lecteurs connaissent la bataille de Roncevaux et la mort de Roland. Nous nous contenterons donc de citer les passages les plus saillants.

Et tout d'abord, hâtons-nous de prévenir un reproche que l'on pourrait faire à notre poëte. Roland, nous dira-t-on, meurt au milieu de l'ouvrage, et le poëme se continue encore pendant un espace aussi long que le récit de ses malheurs. A cela nous allons tâcher de répondre.

Quel est le but, l'âme de tout l'ouvrage? Roland est bien le héros que Théroulde a voulu chanter; sa figure est la plus intéressante, son infortune la plus émouvante. Mais l'intention du chanteur est-elle de célébrer Roland pour lui-même? Non; dans l'esprit du poëte sa gloire ne lui appartient pas; elle n'est qu'un fleuron, plus brillant que les autres, qui doit venir s'ajouter à l'auréole éblouissante qui entoure la tête de l'idole du moyen âge. Charlemagne a été le fantôme resplendissant de génie, autour duquel venaient se grouper toutes les illustrations de son siècle, comme, dans nos temps modernes, celles d'une autre époque autour de Napoléon. Aussi la première figure que nous présente Théroulde est elle celle de l'empereur. Charlemagne doit commencer l'action, Charlemagne la finira :

> La siet li reis ki dulce France tient;
> Blanche ad la barbe et tut flurit le chef;
> Gent ad le corps, la contenance fier;
> S'est ki l'demandet ne l'estoet enseigner.

« Là sied le roi qui tient la douce France; il
» a la barbe blanche et le chef tout fleuri; il a
» le corps beau et la contenance fière; à qui
» le demande, il n'est pas nécessaire de le
» montrer. »

Nous ne chercherons pas à montrer la grandeur d'un portrait aussi simple. C'est la vénération de l'homme pour l'idole qu'il élève :

> S'est ki l'demandet ne l'estoet enseigner.

Quoi de plus naïvement grand que cette admiration !

Presque toutes les peintures de Théroulde sont de ce genre. Au caractère plein de vérité de la sensation ou des lieux qu'elles exposent, elles joignent le pittoresque d'expression de l'enfant faisant part de ses émotions. Écoutez le trouvère franc. Il décrit le sentiment que doit lui laisser dans le cœur le départ de Charlemagne quand il laisse son neveu à l'arrière-garde. Il peint le passage des montagnes par les Français.

> Halt sunt li pui et li val tenebrus.
> Les roches bises, les destreiz merveillus.
> Le jur passèrent, Français od grand dulur
> De XV lius en ot hom la rimur.

Le poëte a déjà le pressentiment du malheur qui doit arriver de cette séparation de Roland du reste des troupes; il craint la mort de son héros et la pressent à l'avance. Et ne croyez pas que ce soit une faute contre l'intérêt dramatique. Non, dans les conditions où se trouvait le chanteur en présence de ses auditeurs, tous connaissant la mort de Roland, il devait, dès le début, déplorer cette mort dont il allait leur donner les grands et immortels détails.

Aussi le pleure-t-il dès qu'il le voit seul à la tête de son arrière-garde. Il lui semble que la nature a dû sentir comme lui et prendre une teinte plus sombre. Il croit entendre les Français gémir sur l'avenir de leur guerrier le plus illustre.

Mais quelle différence entre cette douleur d'une armée que l'on entend à quinze lieues,

De xv lius hom en ot la rimeur,

avec les pleurnicheries fades et ridicules des héros de Virgile !

Au reste, chez Théroulde, tout est à la taille de celui qu'il chante. Roland remue-t-il dans la bataille, c'est le tonnerre qui roule à travers les rangs des ennemis. Porte-t-il son cor à sa bouche pour avertir Charlemagne de son péril,

Grant xxx lius l'oirent-ils respondre,

le son de son instrument est entendu à trente

grandes lieues, et il a mis une telle énergie dans son action qu'il a

. . . . . La buche sanglante
De sun cervel rumput en est li temple.

De nos jours, on rirait en lisant de pareilles exagérations ; mais à l'époque de Théroulde on ne riait pas, loin de là on croyait à l'assertion du poëte. Du reste, plusieurs siècles plus tard, la croyance fut la même. A Spello, petite ville de l'État-Romain, l'on voit sur le mur d'une ancienne porte de rempart un énorme phallus, et au-dessus ce distique :

Orlandi hic Carol magni metire nepotis
Ingentes artus ; cætera facta docens.

On a longtemps caractérisé du nom de Roland tout ce qui avait des proportions gigantesques. Pourquoi s'étonnerait-on que Théroulde donne à son héros la faculté de se faire entendre à trente lieues de distance?

On nous objectera peut-être que c'est le poëte lui-même qui a contribué à répandre cette foi dans des facultés incroyables. Cette objection n'en est pas une. Ce serait un hommage de plus rendu à l'écrivain dont nous nous occupons.

Le véritable, le seul reproche que l'on puisse lui adresser, c'est la description de ses songes. Théroulde nous y présente toujours des ours, des serpents, des corbeaux, etc... ce ne sont que reptiles hideux et immondes. Il vous semble, en lisant ses vers, être devant l'une des portes gothiques de Notre-Dame, aux sculptures étranges et fantastiques. Ce défaut du chanteur était une nécessité, sans cela il n'eût plus été lui, il n'eût plus été son époque.

Mais aussi quand il veut peindre quelque chose de grand, comme il est majestueux !

De seint Michel de Paris, jusqu'à Sens,
De Bezentun tresqu'as port de Guitsand,
N'en a recet dunt li mur ne cravent.
Cuntre midi ténèbres i ad granz ;
Ni ad clarted se li cels n'en i fend ;
Hume ne l'veit ki mult ne s'espavent.
Disent plusors : Ço est le definiment
La fin del sècle ki nus est en present !
Il ne l'sevent, ne dient veir nient,
Ço est le gran doel por la mort de Rollant !

« De Saint-Michel de Paris jusqu'à Sens, de
» Besançon jusqu'au port de Wissant, il ne reste
» pas un mur qui ne crève! En plein midi il y
» a de grandes ténèbres, et l'on n'a de clarté
» que lorsque le ciel se fend; les hommes qui
» le voient s'effraient, plusieurs disent : c'est
» la fin du siècle présent. Ils se trompent et ne
» disent pas la vérité. C'est le grand deuil pour
» la mort de Roland. »

A cette simplicité unie à cette largeur de poésie, ne semble-t-il pas qu'on lise une page de la Bible racontant la mort du Christ et les bouleversement, miraculeux qu'elle cause sur la terre? Cependant le héros n'a pas encore terminé son existence : ce ne sont que des présages.

Mais il est mort. Le poëte a bien pleuré avec tous les pairs, avec Charlemagne, avec la nature. Il élève maintenant son regard vers le ciel. Dieu ne doit-il pas aussi s'intéresser à l'homme illustre auquel il a cédé une partie de sa puissance :

> Deus tramist sun angle cherubin
> E seint Michel (qu'on cleimet) del peril,

Ensemble od el seint Gabriel i vint;
L'anme del cunte portent en pareis.

« Dieu envoya son ange chérubin et saint » Michel qu'on appelait « du Péril. » Vers lui » aussi vint saint Gabriel; l'âme du comte ils » emportent en paradis. »

Cette charmante image du chérubin descendant sur la terre pour enlever une douce et belle jeune fille sur ses ailes a bien souvent été redite. Elle a fini par acquérir un cachet de fadeur qui la fait rejeter actuellement de tous les littérateurs. Mais à l'époque de Théroulde n'avait-elle pas un admirable caractère d'originalité gracieuse? Et puis quels sont les anges que Dieu envoie? Michel, qu'on appelle *del Péril*, et Gabriel, le roi de la divine peuplade des esprits ailés. Son choix n'a pas été indifférent. Ces simples détails ne prouvent-ils pas le grand poëte ?

Nous finirons nos considérations par une dernière remarque. Il est un mot dans l'œuvre de Théroulde qui nous a frappé comme il a frappé tous ceux qui ont étudié la *chanson de Roland*.

C'est la répétition fréquente du cri de guerre du moyen âge : AOI. Ce mot mis à la fin de chaque strophe est encore pour nous une preuve que le poëme était chanté. Mais là n'est pas notre observation ; bien d'autres l'ont faite avant nous. Nous voulons seulement montrer cette répétition dans son caractère littéraire comme preuve du talent de notre trouvère.

Pourquoi cette irrégularité dans les distances qui séparent les répétitions du mot AOI? On pourrait nous répondre que, composés au jour le jour, les chants étaient d'inégale longueur, et que le cri de guerre ne se lançait qu'après le morceau improvisé. Ce serait peut-être une raison ; mais ce qui nous fait penser que tel n'était pas le motif du poëte, c'est que le cri devient plus fréquent à mesure que la passion est plus vive. Lorsqu'il pleure, au contraire, on ne l'entend qu'à de rares intervalles.

Le sentiment le domine ; il ne se réveille que pour pousser un cri sauvage comme la vengeance, et renouvelle le combat plus acharné et plus barbare.

Aussi sa poésie, vivante et énergique expression de son époque, a-t-elle vécu ; pendant trois siècles on l'a chantée, et Messénienne d'un peuple naissant, elle a souvent mené nos preux à la victoire?

Pourquoi est-elle restée si longtemps dans l'oubli, elle qui avait si souvent ému les âmes impressionnables de nos ancêtres?

> Assez de gens sunt mult dolans
> De ce que l'on trahist Rollans.

Espérons que désormais nous ne nous montrerons pas plus indifférents que nos pères, et que la *chanson de Roland*, renaissant de ses cendres, aura notre sympathique admiration, et que nous saurons lui rendre sa place dans nos œuvres patriotiques aussi bien que littéraires.

LE ROMAN DE LA ROSE

GUILLAUME DE LORRIS. — JEHAN DE MEUNG.

Ci est le Rommant de la Rose.
Où l'ars d'Amor est toute enclose.

LE ROMAN DE LA ROSE

Le *Roman de la Rose* est, sans contredit, le monument le plus curieux de la littérature au moyen âge. Les querelles qu'il a soulevées, les attaques virulentes et les défenses non moins vives dont il a été l'objet, tout a contribué à donner à cette œuvre une importance excessive à son époque.

Cette importance était du reste méritée par l'esprit naïf et gaulois qui a présidé à sa composition.

L'ouvrage de Guillaume de Lorris et de Jehan

de Meung, considéré par les uns comme immoral, par les autres comme une simple suite d'allégories, frappe tout d'abord par un trait qui fait entièrement contraste avec l'esprit général du moyen âge.

Cet esprit gaulois et chevaleresque est constamment battu en brèche par Jehan de Meung. Loin de chercher à cacher son aversion pour le beau sexe, il la professe hautement, hardiment. Et cependant l'épigraphe de l'ouvrage est celle-ci :

> Ci est le Rommant de la Rose
> Où l'ars d'amor est toute enclose.

Comment expliquer alors le mépris de l'auteur pour les femmes !

Qu'on nous permette de jeter un regard en arrière ; peut-être arriverons-nous à découvrir le véritable point de vue sous lequel cet ouvrage doit être considéré. Et tout d'abord un simple aperçu historique sera nécessaire pour expliquer l'influence qu'il a eue sur son siècle.

A l'époque où le *Roman de la Rose* fut entrepris, la chevalerie, passant insensiblement des cours des princes du midi dans celles des princes du nord, s'y était présentée avec un caractère tout nouveau. La devise sans doute était bien la même : *Dieu, ma dame et mon roi* étaient toujours les trois mots sacrés de l'honneur du chevalier; mais cette devise, en se répandant dans les régions septentrionales, avait complétement altéré son caractère primitif. Ici les passions étaient moins vives, les mœurs moins dissolues. Le chevalier provençal, en chantant sa dame, lui demandait et obtenait souvent ses faveurs. L'imagination, poétique il est vrai, mais sensuelle, du troubadour de la cour de Toulouse n'avait pas cette inspiration rêveuse et réfléchie que le Franc-Germain avait apportée de ses montagnes brumeuses et fantastiques de l'Allemagne. De là une autre espèce d'amour revêtant une forme platonique, mystique, et qui se contentait, comme récompense, d'un sourire, d'un regard ou d'une écharpe gagnée dans un tournoi.

Le véritable amour chevaleresque, cette religion pure et idéale du seigneur pour sa dame est donc né dans le nord de la Gaule.

Comment donc a-t-il pu se faire qu'à l'époque la plus féconde en romans de chevalerie, à l'époque ou ces immenses compositions prêchaient de tous côtés cette religion pour la femme, comment a-t-il pu se faire qu'il se soit trouvé un poëte assez hardi pour attaquer toutes les idées reçues, pour se moquer ouvertement du beau sexe et le tourner en ridicule? Écoutez-le parler :

Folle est qui son ami ne plume
Jusques à la dernière plume ;
Car qui mieux plumer le sçaura
Est celle qui meilleur l'aura ;
Et plus chère sera tenue
Quand plus chère se sera vendue.

Le conseil n'est-il pas donné avec une bonhomie charmante, et l'auteur n'a-t-il pas l'air de douter qu'il soit souvent mis à exécution ? Et cependant il leur lance à chaque instant quelque trait méchant; quelquefois il les baptise de noms que n'oserait admettre notre littérature plus pudique, sinon plus vertueuse.

Et cependant cet homme qui écrivait de telles insultes, ne trouva personne pour le châtier.

Pourquoi? Est-ce parce qu'il se trouvait sous la protection spéciale de Philippe le Bel qui lui avait, dit-on, ordonné de continuer le roman commencé par Guillaume de Lorris? C'était peu probable. La protection du roi aurait été peu efficace contre la colère des seigneurs.

Non, Jehan de Meung n'était pas chevalier; c'était un de ces bourgeois moqueurs et narquois, comme Paris en produit de nos jours, qui, à la solde de tous les grands, se reposait sur chacun d'eux, car il n'attaquait pas personnellement, il ne faisait que des généralités, et, dans ce siècle de désunion et d'égoïsme, la cause de tous n'était la cause de personne.

Jehan, d'ailleurs, écrivait entre la victoire de la bourgeoisie à Bouvines et les premiers états généraux. Les communes grandissaient : Gand, Bruges et Lille battaient le roi de France et ébranlaient la chevalerie jusque dans ses fondements. Un pouvoir nouveau commençait, c'était la royauté, inaugurée de fait par Philippe le Bel, et qui cent cinquante ans plus tard, soutenue par le bourgeois turbulent, tracassier et frondeur, devait produire Louis XI. C'est cette royauté nouvelle que chante le *Roman de la Rose*. Il attaque tous les pouvoirs établis.

La propriété, telle qu'elle s'est constituée, est l'objet de sa critique.

Tantost cum par cette mesnie
Fust la gent mal mise et fesnie,
La première vie lessierent
De mal faire puis ne cessierent;
Car faus et tricheors devindrent;
As propriétés lors se tindrent;
La terre meismes partirent;
Et quant les bones i metoient
Maintes fois s'entre combattoient;
Et se tolurent ce qu'ils porent
Li plus fors li greignors pars orent.

La propriété attaquée, la royauté n'est pas à l'abri de sa plume.

Lors convinrent que l'on esgardat (élut)
Quelqu'un qui les loges gardat,
Et qui les maufeitors preist,
Et droit as plaintifs en feist,
Ne nus ne l'osast contredire.
Lors s'as emblèrent por eslire,
Un grand vilain entr'eux eslurent,
Le plus ossu que quanqu'ils furent,
Le plus corsu et le greignor;
Si le firent prince et seignor.
Cil jura qu'a droit les tiendroit

Et que lor loges défendroit.
De là vint le commencement
As rois, as princes terriens
Selon l'escript as anciens.

Voulez-vous savoir maintenant ce qu'il pense du mariage? Écoutez le encore :

Car nature n'est pas si sotte
Qu'elle fist naistre Marotte (Mariette)
Tant solement por Robichon (Robert).
. . . .
Ni Robichon por Mariette,
Ni por Agnes, ni por Perette.
Ains nos a faict, biau fils, n'en doute,
Toutes pour tous et tous pour toutes
Chacune por chacun commune
Et chacun commun por chacune.

Et notez bien qu'il n'y a pas chez lui de raisonnement ; il ne fait pas un cours de politique, il devise, il rit, il attaque, il ridiculise tout ce qui lui passe par la tête.

Le *Roman de la Rose* est la satire Menippée du moyen âge.

Dans son savant ouvrage des *Recherches de la France*, Étienne Pasquier place Jehan de Meung et Guillaume de Lorris au-dessus du

Dante et de tous les poëtes de l'Italie. Nous ne partageons pas, sans doute, le sentiment national de cet écrivain ; mais nous avouons que le *Roman de la Rose* étonne et commande presque l'admiration par le tour vif et ingénieux qu'il donne à la pensée. La naïveté qui y règne est continuellement légère, gracieuse et soutenue. Tout dans cette œuvre a un cachet de simplicité, de vérité, de naturel, et la satire qui en constitue le fond est fine, acérée, mordante et sans recherche.

« Il me semble — ici nous empruntons une » image de M. Villemain — voir un bourgeois » malin, qui, dans les rues étroites de la Cité, » se raille avec son compère des choses dont il » a peur.

Avec sa morale relâchée, cet ouvrage eût bien vite été brûlé, anéanti à une époque toute de foi et d'amour, si le sarcasme n'avait pas donné à rire à ses adversaires eux-mêmes. Comment ! au moment où tout tremblait encore au souvenir des guerres de l'empire et du sacerdoce, dans un siècle où le fantôme menaçant de Grégoire VII planait encore sur le monde épouvanté, un misérable auteur osait s'attaquer aux moines et au clergé! Il combattait les ministres les plus ardents de la papauté, ces frères mendiants qui, pour quelques aumônes, distribuaient des reliques et des indulgences!

> Ils vont disant que povres sont,
> Mais de grosses pitances ont,
> Avec maintz deniers en trézor.
> Or à tous m'en tairai-je dés-or (désormais)
> Qu'il m'en iroit de mal en pire.
> Car toujours hayent (haïssent) hypocrites
> Véritez qui contr'eux sont dites.

Il se moque d'eux et il a encore l'air de les craindre. Pourquoi ne succombait-il pas sous la haine qu'il devait inspirer à ce corps puissant? C'est que l'Église sentait encore infamant et vivace le soufflet qui venait de souiller et d'ensanglanter la joue de son pontife Boniface VIII. Cependant, quoique le *Roman de la Rose* soit un ouvrage spécialement satirique, quoiqu'il frappe, à tort et à travers, coutumes et usages de son siècle, il se recommande souvent par quelques peintures gracieuses, pleines de douceur et de charmante rêverie. C'est alors que véritablement l'auteur devient poëte. La plume chez Jehan est celle d'un Rabelais qui rime, chez Guillaume elle exprime toute la grâce et la délicatesse de Théocrite et de Virgile.

Écoutez cette description du printemps :

En mai estoie, ce sonjoie
El temps amoreus plains de joie,
El temps ou tot riens s'esgaie,
Que l'on ne voit boisson ne haie,
Qui en mai parer ne se voille,
Et couvrir de novele foille.
Li bois recovrent lor verdure
Qui sont sec tant com hyver dure,
La terre meismes s'orgoille
Por la rosée qui la moille,
Et oblie la poverté
Ou elle a tot l'hyver esté !
Lors devient la terre si gobe (fière)
Qu'elle volt avoir novele robe
Si seit, si cointe (bien façonnée) la faire
Que de colors i a cent paire
D'herbes, de flors indes et perses
Et de maintes colors diverses.
C'est la robe que je devise
Porquoi la terre miex se prise.
Li oisel qui se sont teu
Tamt com ils ont le froit eu,
Et le temps divers et frarin,
Sunt en mai por le temps serin

Si cié qu'ils montrent en chantant,
Que lor cuer a de joie tant
Qu'il lor estuet chanter par force.
Li rossignol lors s'efforce
De chanter et de faire noise,

. . . .

. . . .

Lors estuet jones gens entendre
A estre gais et amoreus
Par le temps bel et douccreux.

. . . .

La description est un peu longue, mais ôtez-lui ce défaut, elle serait digne des plus belles idylles de l'antiquité.

Nous avons vainement cherché parmi nos poëtes élégiaques français ceux que nous pourrions comparer à Théocrite et à Virgile.

Nous avons laissé aux Grecs et aux Latins la palme de l'idylle. Si nous n'avons pas essayé de la leur disputer, c'est que nous n'avons pas voulu chercher nos points de comparaison en dehors de la littérature du grand siècle.

Certes, Thibaut de Champagne, Villon et Guillaume de Lorris ont fait des poésies élégiaques à laisser bien loin derrière elles les églogues de madame Deshoulières et de Fontenelle.

Et de nos jours combien de jeunes poëtes les ont dépassés, sans citer les grands noms d'André Chénier, Hugo, Musset et Lamartine!

Nous avons fait connaître assez rapidement l'esprit général du *Roman de la Rose*. Nous l'avons regardé comme une œuvre satirique. Maintenant, il nous reste à l'examiner au point de vue sous lequel nous l'ont présenté ses auteurs

> Ci est le Rommant de la Rose
> Ou l'ars d'amor est toute enclose

nous dit Guillaume de Lorris. Son but est donc de nous faire une théorie de l'art d'aimer. C'est l'*Ars Amoris* d'Ovide présenté sous forme de roman allégorique.

Nous avons dit que l'ouvrage était simplement un ouvrage satirique contre le XIIIe siècle. Cependant, il se pourrait, et même il est plus que probable que Guillaume de Lorris eut l'intention de faire comme Ovide un *Art d'aimer*. Ce qui donnerait que telles en furent l'idée primitive et l'intention, c'est que la véritable satire, celle surtout qui a été dirigée contre les femmes ne commence qu'à la partie attribuée à Jehan de Meung. Cette partie étant la plus longue et la plus véritablement belle, c'est ce qui nous a engagé à donner au roman la qualification de *satirique*.

Cependant, puisque telle n'a pas été l'intention du premier des deux auteurs, l'ouvrage restera pour nous ce qu'il est, et nous le considérerons dans son rôle de *Magister amorum*.

Il est une chose qui nous a toujours frappé lorsque nous avons lu un ouvrage sur l'amour.

De toutes les passions, l'amour est toujours resté celle qui a été la plus difficile à feindre de manière à lui donner les couleurs de la vérité. De tout temps elle a été l'écueil des bons écrivains et des penseurs de ce monde Néanmoins c'est elle qui a été le plus souvent mise en scène dans la grande comédie humaine.

Et cependant il s'est trouvé des hommes et des hommes de talent, comme Ovide, qui ont essayé de déterminer les lois de cette passion. — Une passion peut-elle se soumettre à des règles? — Ovide passe encore, il s'y était peut-être cru suffisamment autorisé par les malheurs de son amour. Encore eût-il su se contenter d'avoir écrit ces lettres si pleines de véritable douleur et d'énergie érotique qu'elles ont effacé son *Ars amoris*.

Mais qu'un bon trouvère de la Seine ou de la Loire essayât de donner à sa lyre les accords de Sapho, c'était une folie. Aussi les leçons d'amour du *Roman de la Rose* ne sont-elles qu'une plate parodie des leçons de coquetterie du poëte galant, poli et spirituel de la cour d'Auguste.

Ce n'est pas que nous prétendions que les vers du poëte français ne soient qu'une grossière ébauche auprès de ceux de son devancier, nous ne voulons parler que de la conduite de l'ouvrage. Ovide, si l'on peut lui comparer Guillaume de Lorris, a l'avantage de la finesse et de la subtilité dans le raisonnement; Guillaume brille, au contraire, par la naïveté dont sont empreints tous les détails de son œuvre.

Mais dans la partie qu'ont traitée ces deux poëtes, la peinture de la passion doit être ou tout l'un ou tout l'autre, simple, naïve, sans fard, impétueuse comme la passion elle-même. Elle ne doit être soumise à aucun esprit de décomposition, et Guillaume, malgré sa simplicité, en a encore trop fait. Il se trouvait entraîné malgré lui par la pente naturelle du siècle dirigée par les scholastiques. Ou bien alors elle doit être subtilisée par cet esprit d'analyse si complet, si étonnant qui, de nos jours, a produit l'auteur désespérant de la *Cousine Bette* et de la *Peau de Chagrin*. Guillaume ne pouvait essayer de donner à son roman cette dernière direction ; il n'appartenait pas à un siècle assez sceptique, ni assez analytique. Ovide le tenta ; mais la philosophie de son époque n'était pas encore assez voltairienne pour qu'il pût arriver dans ce genre à la complète vérité.

Aussi considérons-nous, dans l'œuvre qui nous occupe, Guillaume de Lorris comme fort inférieur à son continuateur, Jean de Meung.

Guillaume, doux, sentimental, a excellé dans certaines peintures pleines de mélancolique poésie, mais il n'avait pas le caractère de la passion assez développé pour faire de son *Art d'aimer* une œuvre de génie. Il a complétement échoué, et bien d'autres à sa place n'eussent pas mieux réussi.

C'est ce qu'a parfaitement compris Jehan de Meung. Aussi, qu'il ait ou non reçu l'ordre de son roi de continuer le *Roman de la Rose*, toujours est-il qu'en se drapant dans le même manteau, il change le sens de l'ouvrage, et se sert d'un masque derrière lequel son esprit satirique cache l'ironie qui doit tourner tout son siècle en ridicule.

Ici, du moins, l'auteur est tout entier lui-même ; rien d'emprunté, pas de fard ; il manie la satire avec un esprit supérieur. Voilà son rôle ; il n'en a pas d'autre. Otez-le de là, il ne vous dira rien, rien qu'une longue histoire délayée dans vingt-quatre mille vers, assommante par la longueur des détails, si elle n'était à chaque instant animée par quelque trait charmant de folle et naïve bouffonnerie.

Qu'arrive-t-il alors? Jehan de Meung prête plus à la censure que son prédécesseur. On l'attaque et on le défend avec un acharnement presque sans exemple dans les annales littéraires. De tous côtés pleuvent des libelles et des défenses. Un des auteurs du temps (1), dans un moment d'indignation, s'adressant aux dames, leur montre l'ouvrage comme quelque chose d'impie, de sacrilége qu'il faut détruire :

A l'assault, dames, à l'assault !

Christine de Pisan, la bonne, la douce Christine, l'attaque avec furie. Étienne Pasquier, plus tard, en fait une apologie, et Clément Marot le rajeunit et le gâte, sous François Ier, pour le faire passer à la postérité.

Que resterait-il cependant de cette querelle? Rien; pas même quelques élèves, pas même quelques poésies, si Jehan n'avait pas marché sur les traces de Guillaume de Lorris. L'influence littéraire appartient toute à ce dernier.

Désormais tous les écrits de l'époque seront empreints de l'esprit allégorique qui a présidé à la création de ce chef-d'œuvre des contemporains. Il faudra trouver un héros figuré auquel on donnera le nom de l'*Amant*. La maîtresse sera affublée d'un nom de fleur quelconque;

(1) Martin Franc.

généralement se sera celui de la *Rose*, et il y aura des personnages accessoires que l'on nommera *Jalousie*, *Bienveillance*, *Faux-Semblant* et *Amitié*.

Étudiez l'écrivain le plus véritablement poëte de cette époque ; Thibaut de Champagne, malgré les efforts qu'il fait pour se débarrasser de temps en temps de la chaîne qui pèse sur lui, est obligé de s'y soumettre, sans cela Blanche ne lirait peut-être pas ses vers, et cependant Guillaume de Lorris et Thibaut de Champagne étaient contemporains !

L'orientalisme pénètre de tous côtés dans notre littérature ; il faudra que Malherbe vienne pour nous en délivrer. Telle est l'influence que les croisades ont exercée sur cette époque que plus de deux cents ans s'écouleront avant que nous ayons pu nous débarrasser du genre qu'elles ont introduit.

Puis viendra l'influence italienne, la même après tout, car elle part de la même souche, puisque la poésie italienne a été empruntée à celle des troubadours, les plus ardents défenseurs de la terre sainte.

Cette influence a été propagée surtout par Guillaume de Lorris, Jehan de Meung a continué le même rôle, mais au premier en revient toute la gloire, si gloire il y a.

Jehan de Meung a rendu un plus véritable service à la France littéraire. Son esprit de sarcasme battant en brèche tout ce qui était adoré en ce moment, a détruit le but et la base des romans de chevalerie. Il a fait contre eux, dans un autre genre, la même campagne que Michel Cervantes contre la chevalerie.

Après le *Roman de la Rose,* c'est à peine si Froissart ou quelques autres poëtes mettent un ou deux de ces contes au jour, encore n'est-ce qu'une pâle copie de ces grandes et ennuyeuses compositions.

Une nouvelle ère va commencer après quelques instants de repos pendant lesquels nous aurons de charmants poëtes comme Charles d'Orléans et Villon ; cette royauté, c'est celle du sonnet que viendra détruire la voix mâle et romaine du grand Corneille.

POÉSIES DU ROI DE NAVARRE

THIBAUT DE CHAMPAGNE.

Voeil mon chant renoveler
Por ce ai talant de chanter

(Le roi de Navarre.)

THIBAUT DE CHAMPAGNE

Une chançon encor voil
Faire, pour moi conforter,
Pour celi dont je me doeil
Voil mon chant renoveler;
Por ce ai talant de chanter.
Car quand je ne chant, mi oil
Tornent sovent en plorer.

Quelle est donc celle que veut chanter Thibaut de Champagne? Quelle est cette femme qui a jeté dans ses œuvres ce reflet de mélancolie si douce et si naïve?

A cette question répond le nom de Blanche

de Castille, le nom de la mère de saint Louis.

On a beaucoup discuté pour éclaircir si, en effet, la reine de France avait été la dame des pensées et des chansons du roi de Navarre. Quelques historiens, sur la foi d'un Anglais, ennemi juré de la race de Philippe-Auguste, ont accepté comme une tache à la mémoire de Blanche le fait de cet amour de Thibaut de Champagne. Les *Grandes Chroniques de France*, copiant Mathieu Paris, ont accrédité ce conte.

« Quelques hommes sages lui conseillèrent
» de s'étudier aux bons sons et aux doux chants
» des instruments, ce qu'il fit; car il fit les plus
» belles chansons, les plus mélodieuses qui ja-
» mais furent ouïes, et les fit écrire en sa salle
» de Provins et en celle de Troyes. »

Et cela pour parvenir à fléchir les rigueurs de la reine de France.

Bayle, Mézerai, l'abbé Choisi, Auteuil, le père Daniel, etc., ont propagé ce que racontaient les chroniques, et il est aujourd'hui avéré que Blanche était la maîtresse du roi de Navarre.

Nous ne voulons pas, à propos de littérature,

soulever une question d'histoire; mais il est un fait que nous ne pouvons nous empêcher de marquer en présence de cette réputation que l'on a cherché à ternir; aussi bien il appartient au genre de considérations que nous avons développées au lecteur au sujet du *Roman de la Rose*.

Nous avons expliqué la transformation qui s'était opérée dans l'esprit de la chevalerie quand elle émigra des cours de Toulouse et d'Avignon dans celle de Paris.

Nous avons vu qu'elle avait acquis un caractère d'idéalisme que ne comportait pas le sensualisme ardent du Midi.

Qui donc a pu empêcher que Thibaut n'ait chanté la dame qu'il aimait en platonicien? Le nom de Blanche de Castille doit-il être flétri parce qu'un troubadour a jeté sur ses beautés et sur ses vertus tout l'éclat de l'inspiration et de l'amour poétiques ?

Et d'ailleurs, comme le dit le peu scrupuleux Brantôme : *Cette reine, encore qu'elle fût très-saige et très-vertueuse, pouvait-elle engarder le monde de l'aimer et de brûler au feu de sa beauté et de ses vertus?*

Admettrait-on encore que Blanche de Castille ait accepté l'hommage de cet amour, qu'elle ait reçu les chansons dans lesquelles le comte dépeignait sa passion, qu'elle en ait profité pour l'éloigner de la ligue des seigneurs coalisés contre elle, cela prouverait-il la culpabilité ?

Le moyen âge n'est-il pas plein de ces exemples d'amours platoniques où un regard et un sourire étaient la seule récompense du chevalier vainqueur du tournoi ?

On objecte à cela quelques passages de chansons un peu vifs, un peu passionnés. A ceci la réponse est facile.

Thibaut, comte de Champagne et roi de Navarre, tenait, par ses États et sa famille, aux habitudes et aux mœurs du Nord et du Midi. Il avait l'amour idéal de l'Allemagne, dans lequel il avait pu apporter l'expression un peu libre et un peu imagée qu'il avait prise sous le soleil de l'Espagne. Telle est l'explication de ces quelques mots qui, du reste, pouvaient, à cette époque, ne choquer nullement des âmes moins prudes, quoique plus vertueuses.

Laissons-le donc aux genoux de sa dame, et considérons de quelle façon il exprime sa passion. Nous lui donnons pour cela liberté pleine et entière de la parole. C'est lui qui nous apprendra de quelle manière il conçoit l'amour :

De bien aimer ne peut nus enseigner
Fors que li cuers, qui donne le talant;
Qui plus aime de fin cuer loiaument
Cil en set plus, et moins s'en set aidier.

Ainsi, pour Thibaut, l'amour est tout entier dans le cœur; personne ne peut l'enseigner. C'est pour cela que, probablement comme il le dit lui-même plus haut :

Pour celui dont je me doeil
Voil mon chant renoveler;
Pour ce ai talant de chanter.

Il chante bien, parce qu'il aime bien. Nous ne le disputerons pas là-dessus. Il a le droit de se décerner à lui-même une couronne de fleurs, car il est, sans contredit, le premier des poëtes de son époque.

Écoutez-le : il est triste ; sa dame l'a oublié ; il voudrait, lui aussi, l'oublier, mais il ne le peut :

> Je n'ox chanter trop tard ne trop sovent,
> Car je n'ai gré de chanter ne de taire ;
> Trop ai servi en pur don longuement,
> Mais je cuidai encor tant dire et faire
> Que..... etc.....

N'est-ce pas là la passion, la vérité ? Ne dépeint-il pas la position d'un amoureux placé entre deux sentiments contraires, la colère et l'amour ? Et c'est l'amour qui l'emporte.

Nous ne suivrons pas Thibaut dans toutes les péripéties du drame de son cœur. Nous avons à le considérer aussi comme écrivain ; nous devons l'examiner sous le rapport du style.

Une seule chose que nous ferons remarquer à nos lecteurs, c'est qu'il se soit trouvé à la même époque, en même temps, deux poëtes comme Guillaume de Lorris et Thibaut de Champagne, dont l'un donnait des leçons d'amour, et l'autre mettait en pratique, non les leçons de l'esprit, mais celles du cœur. Lequel a le mieux réussi? Celui qui suivait l'inspiration de son cœur.

Qui sait? Peut être Thibaut a-t il voulu se révolter contre un tyran et lui donner lui-même une leçon à son tour quand il a écrit les quatre vers que nous avons cités :

> De bien aimer ne peut nus enseigner
> Fors que li cuers qui donne le talant;
> Qui plus aime, etc...

Ce ne serait pas la seule fois que le poëte aurait fait de la satire. Il a bien attaqué le goût de ses contemporains en littérature. Lorsque Guillaume de Lorris, dans son *Roman de la Rose*, donne à l'*Amant* les conseils dont l'exécution parviendra à le faire aimer, son étude du cœur de la femme n'a été que jusqu'aux soins extérieurs. Écoutez-le :

> Si avient bien a bacheler,
> Que il sache de viéler,
> De fléuter et de dancier,
> Por ce peut moult avancier.

(Vers 2.216 et suiv.)

Il lui recommande la propreté, la générosité : « Aie, lui dit-il, des souliers qui te chaussent bien, etc... » Enfin tous ses conseils tendent aux démonstrations physiques et extérieures. C'est du matérialisme pur. Ce n'est plus Thibaut chantant :

Pour celi dont je me doeil.

Chez Guillaume, c'est la coquetterie, c'est l'esprit qui parle ; chez le roi de Navarre, c'est l'amour, c'est le cœur.

On l'a dit, et on l'a bien souvent répété dans notre siècle, la passion, pour se bien dépeindre, doit être faite plutôt avec la tête qu'avec le sentiment. Lorsque le cœur parle trop haut, il divague ; il ne sait plus ce qu'il dit, il devient lourd et ennuyeux ; tandis que, lorsque l'esprit seul est en jeu, il sait conserver son sang-froid, ménager les transitions, les grands effets.

Cela peut être vrai dans une époque comme la nôtre, où toute jeune âme est gâtée dès qu'elle s'ouvre à la vie.

Nous ne comprenons plus l'amoureux qui

pleure, qui se lamente, et que sa passion fait parfois tourner à la sottise.

Nous voulons les grands mots, les grandes phrases, les beaux aphorismes philosophiques. Cela nous frappe et nous plaît davantage.

Mais du temps de Guillaume de Lorris et de Thibaut de Champagne, la disposition des esprits n'était pas la même. La femme était bien comme nous la comprenons — l'auteur du *Roman de la Rose* nous l'a prouvé, — mais encore aimait-elle le cœur chez l'homme. Celui de Jehan de Meung n'a pas parlé, et c'est le reproche que lui ont adressé ses contemporains.

Thibaut, au contraire, est lui, bien lui, dans les peintures qu'il nous présente. Aussi, ses vers qui touchaient tous les cœurs, et remuaient les moindres fibres des âmes ouvertes à l'amour, ont-ils été lus avec avidité par les châtelains qui cherchaient à l'imiter, et les damoiselles qui se sentaient vivre sous les baisers qu'il envoyait à la reine de France.

C'est pour cela que le comte de Champagne a été et sera toujours un grand poëte.

Dante ne l'a-t-il pas dit? Dante ne le préférait-il pas à tous les trouvères français? Et qui mieux que l'amant de Béatrix pouvait comprendre l'adorateur de Blanche de Castille?

Thibaut de Champagne n'est pas seulement beau dans la peinture de la passion. S'il a su bien décrire son amour, et si cet amour lui a donné le sentiment qui est si nécessaire pour faire de l'homme un poëte, il semble qu'il l'ait inspiré aussi dans le choix de l'expression, dans la recherche de la forme.

Nous ne devrions pas dire : la recherche. Non, notre poëte ne l'a pas cherchée; elle lui est venue naturellement et elle s'adapte avec un singulier talent au genre de sujet qu'il traite.

Vous l'avez entendu dans sa douleur; son vers se traîne tendre et mélancolique; il y a de la poésie toute de sentiment triste.

Voulez-vous le voir maintenant plus gai, plus joyeux. Il raconte une de ses bonnes fortunes :

J'aloie l'autre ier errant
Sans compaignon,
Sor mon palefroi, pensant
A faire une chançon,
Quand je oi ne sais comment

Les (*derrière*) un buisson
La voix dou plus bel enfant
C'onques veist nus hom;
Et n'estoit pas enfés (*surpris*) si
N'eust quinze ans et demi,
Onques nule rien ne vî
De si gente façon.

Son vers prend maintenant une allure cavalière, gaie, rieuse. Il a pour un moment oublié ses chagrins dans l'infidélité qu'il fait à Blanche de Castille.

Et puis ne remarque-t-on pas dans ces lignes la langue française déjà tout entière? Il n'y a presque plus de vieux mots. Son français est aussi pur que celui de Régnier, sans avoir la tournure quelquefois alambiquée de Ronsard qui vient plus de deux cents ans après lui.

En voici encore une. C'est une chanson de Lovelace; voyez :

Quant de la Pastore ai fet mon talant,
Sur mon palefroi montai maintenant,
Et ele s'écrie :
Au fiz Sainte Marie,
Chevalier vos comant,
Ne m'obliés vos mie,

Car je suis vostre amie,
Mès revenés sovent.

Cette jeune fille est fiancée au fils Sainte-Marie qui ne la laisse jamais :

Sans biau chapeau d'orfrois.

Aussi, quand elle a été séduite par les belles paroles du comte, elle lui rappelle sa promesse :

Au fiz Sainte-Marie
Chevalier vos comant.

Un chevalier pourrait-il être moins généreux que *Robinet ?* et après cet avertissement donné à sa générosité, charmée qu'elle a été des manières de son amant, elle ajoute :

Mès revenés sovent.

N'est-ce pas là la nature tout entière ?

Nous ne continuerons par nos citations ; nous ferons seulement remarquer encore que si Thibaut a été bien supérieur aux poëtes de son époque dans la description des passions, il les dépasse aussi de beaucoup comme science du rhythme. On a déjà pu voir la charmante harmonie qui règne dans la dernière strophe que nous venons de donner. Elle dénote une musique naturelle chez le trouvère champenois.

Du reste, nous pourrions, par une foule de morceaux tirés de ses œuvres, prouver que Thibaut est le premier qui ait pressenti l'entrelacement des rimes masculines et féminines. Les trois quarts de ses poésies sont construites ainsi.

C'est une justice qu'on ne lui a pas encore rendue, et c'est un tort. Pourquoi vouloir enlever aux inspirations du moyen âge des beautés qui leur appartiennent?

Nous avons dit que Thibaut, au milieu de ses chants d'amour, avait critiqué le mauvais goût de son siècle en littérature. Il lui appartenait à lui plus qu'à tout autre de s'élever contre les abus littéraires de ses contemporains.

Feuille ne flors ne vaut rien en chantant,
Fors ke por défaute sans plus de miroier
Et pour faire soulas moienne gent
Qui mauvais mots font sovent abaier;
Je ne chant pas pour eus esbanoier
Mais pour mon cuer faire un po plus joiant.

Il a raison ; il veut conserver l'intimité de son amour. C'est pour cela qu'il chante si bien. Heureusement que la postérité a dévoilé les secrets de son âme, et que ses douces chansons viennent quelquefois jeter un délicieux reflet de mélancolique poésie dans les cœurs d'un autre siècle.

CHARLES D'ORLÉANS

Fortune, veuillez-moi laissier
En paix une fois, je vous prie,
Trop longuement, à vray compter,
Avez eu sur moi seigneurie.

CHARLES D'ORLÉANS

En regardant vers le païs de France,
Un jour m'avint a Dovre, sur la mer
Qu'il me souvint de la doulce plaisance,
Que je souloye audit païs trouver.
. . . .
. . . .
Alors chargeai en la nef d'Espérance
Tous mes souhaitz, et les priant d'aler
Oultre la mer, sans faire demourance,
Et à la France de me recommander.

Que faire en prison à moins d'y devenir poëte? a dit M. de Villemain. Le célèbre professeur n'a fait que répéter et rétrécir au profit de son sujet ce que le bon La Fontaine avait dit avant lui :

Et que faire en un gîte à moins que l'on ne songe ?

C'est possible ; la solitude a quelquefois engendré de magnifiques conceptions, l'exil a légué des créations admirables, mais nous ne croyons pas que ce soit dans les murs glacés des cachots et loin du soleil de son pays que puisse se réchauffer l'imagination du poëte, l'âme de l'artiste, ou bien alors son œuvre ne sera plus qu'un cri de rage et de désespoir, un chant de douleur sourde et amère. Une espèce de voile s'étendra sur la flamme du jour qui devait vivifier sa poésie, pour ne lui laisser que les éclairs verdâtres du feu des enfers.

L'exil inspirera à Dante les pages de sa *Divine Comédie* ; il créera dans le cœur de Byron *Childe-Harold* et *Manfred* ; il fera naître les *Tristes* d'Ovide.

Seulement il n'aura pas fait le poëte : le poëte avait déjà reçu l'étincelle du feu sacré ; il se trouvait artiste ; il aura seulement changé la direction de son esprit ; au lieu de compositions douces, gracieuses, pleines de foi sublime, il nous donnera des œuvres tristes, sombres, empreintes du sceau de l'ironie la plus profonde et la plus amère.

Charles d'Orléans a été une exception. Cette nature douce, sentimentale, n'avait pas la puissance de ces organisations fougueuses qui se révoltent contre le moindre joug, qui luttent avec la société et jettent leur gant à la face du monde.

Le fils de Valentine de Milan avait conservé, au milieu des guerres horribles de son époque, quelque chose de la douceur de sa mère.

Les querelles de sa famille avec les Bourguignons, l'assassinat même de son père n'avaient pu enlever à son caractère cette teinte de nonchaloir poétique. Au moment où tous les seigneurs s'occupaient d'armes et de batailles, il faisait des vers, il étudiait et savait sept arts (c'est lui qui nous l'apprend).

C'était une de ces natures à se laisser bercer par une douce musique sur les bords d'un précipice. C'est l'artiste insouciant qui suit dans le ciel une figure aimée, sans s'occuper des choses de ce monde.

Aussi ne commença-t-il réellement à chanter, que lorsque la bataille d'Azincourt l'eut mis entre les mains de l'Angleterre. Il n'avait plus les soucis de la grandeur souveraine, il pouvait s'endormir au milieu de rêves d'amour et de fleurs.

Peut-être sa captivité a-t-elle jeté dans son âme ce reflet de tristesse que nous rencontrons dans toutes ses poésies. Il est si naturel de regretter le soleil de son pays, surtout quand on le change pour les sombres et épais brouillards d'Albion ; et, plus qu'un autre, son esprit était invinciblement porté à la mélancolie.

Écoutez-le : même dans ses moments de dépit, il y a quelque chose de l'homme nonchalant. Il a attendu sa délivrance, on l'a forcé à concevoir de l'espoir, et il a encore été trompé :

Fortune, veuillez-moi laissier
En paix, une fois, je vous prie,
Trop longuement, à vray compter,
Avez eu sur moy seigneurie.

Il ne se plaint pas de la cruauté de la fortune, non ; il est seulement ennuyé de ses tracasseries.

Aussi, lorsqu'elle le laisse tranquille, lorsqu'elle ne vient pas le réveiller de son espèce de demi-sommeil, il chante, il chante la nature, il chante ses amours, il a l'air de remercier ceux qui l'ont fait prisonnier :

Les fourriers d'été m'ont logé
En un lieu bien à ma plaisance,
. . . .
. . . .
Et croy qu'amoureux n'a en France
Qui soit mieux de moi hébergé.

Et un peu plus loin :

Le temps a laissié son manteau
De vent, de froidure et de pluie,
Et s'est vestu de broderie
Du soleil raiant, cler et beau.

Quelquefois, il se réveille un peu de sa somnolence. Il reste si inconnu, il se fait si peu voir, qu'on le croit mort en France. Le bruit en est arrivé jusqu'à son oreille.

Il ne peut cependant pas laisser ses amis se

désoler; alors il leur envoie une petite ballade, pleine de gaieté coquette et gracieuse, en manière de salut :

Nule ne porte pour moi le noir,
On vent meilleur marchié drap gris,
Or tiengne chascun pour tout voir,
Qu'encore est vive la souris.

Ne trouvez-vous pas charmante cette idée de se comparer à la souris. Pauvre souris emprisonnée par l'Angleterre!

Seulement, nous le répétons, il est rare qu'il prenne l'allure vive et sautillante de ce petit animal.

Les quelques vers que nous avons déjà cités prouvent que Charles d'Orléans est le poëte le plus gracieux que la France ait eu avant Ronsard; peut-être n'est-il pas plus poëte que Villon, son contemporain, mais il y a dans les vers du fils de Valentine quelque chose qui sent son prince d'une lieue.

C'est le langage de la bonne société. C'est le vernis de la noblesse. Ses images reflètent partout l'homme de la haute aristocratie.

Villon a sans doute l'imagination plus vive,

plus ardente; il est plus grand dans sa philosophie railleuse et sceptique, il est plus doux même dans ses accents de profonde mélancolie, mais c'est l'homme du peuple; il est moins égal, il a moins comprimé sa nature, il ne s'est pas formé à l'école du goût et du bon ton.

Mais pourquoi, nous dira-t-on, parler de Villon à propos de Charles d'Orléans?

C'est que ces deux poëtes se tiennent presque intimement.

Ils ont vécu à la même époque; ils ont vu les mêmes malheurs, ils ont chanté presque les mêmes sujets. On ne peut parler de l'un sans toucher à l'autre. Ils occupent tous deux la même page dans l'histoire de la littérature du moyen âge, dont ils sont les plus charmants poëtes.

Aussi, plus tard, quand nous peindrons Villon à nos lecteurs, ils nous pardonneront si l'image de Charles d'Orléans vient se représenter à eux, et si nous essayons, en passant, d'ajouter un trait à la rapide esquisse qui leur a été mise sous les yeux.

Si Villon vient avec rudesse briser la délicatesse parfois monotone du prince, celui-ci apparaîtra pour adoucir les abords quelquefois un peu âpres et raboteux de l'homme du peuple.

Le sang royal se révèle à chaque ligne chez notre écrivain. Tantôt ce sont les usages de la noblesse que nous lèguent ses vers. Voyez, il se donne des lettres patentes d'amour.

Dieu Cupido et Venus la déesse,
Ayant pouvoir sur mondaine liesse,
Salus de cuer par nostre grant humblesse,
A tous amans :

Savoir faisons que le duc d'Orléans
Nommé Charles, à présent jeune d'ans,
Nous retenons pour l'un de nos servants
Par ces presentes.

Peut-on se donner un titre à la bienveillance de la beauté d'une manière plus seigneuriale et en même temps plus gracieuse et plus coquette?

Tantôt, au contraire, il en est à se demander s'il profitera du droit que lui ont donné

Dieu Cupido et Venus la déesse.

Il aime bien, mais son amour est craintif, son cœur est timide. N'est-ce pas là l'histoire de tous les amants?

Que me conseillez-vous mon cueur ?
Irai-je par devers la belle
Lui dire la peine mortelle
Que souffrez pour elle en douleur ?

Pour vostre bien et vostre honheur
Ce droit que vostre conseil cèle,
Que me conseillez-vous mon cueur ?
Irai-je par devers la belle ?

Si plaine la sçai de douceur
Que trouverai merci en elle,
Tost en aurez bonne nouvelle,
J'y vois; n'est-ce pour le meilleur ?
Que me conseillez-vous mon cueur ?

Nous avons cité tout ce rondeau. Non parce que c'est le plus joli de ceux qu'a faits Charles d'Orléans; certes, il est plein de grâce naïve, mais il n'est pas encore à comparer à ce petit chef-d'œuvre :

Le temps a laissé son manteau
De vent, de froidure et de pluie.

Seulement, tout le monde connaît cette petite pièce de poésie, c'est pour cela que nous avons pris un autre exemple.

Nous avons voulu, d'ailleurs, en donnant tout ce rondeau de notre poëte, faire remarquer la science de l'entrelacement des rimes. Et à ce propos une réminiscence nous est venue. Plusieurs écrivains ont attribué à Charles d'Orléans le pressentiment de l'alternation des rimes masculines et féminines. Nous avons fait remarquer que c'est à Thibaut de Champagne que revient cet honneur.

Charles, pas plus que Thibaut, tout en la pressentant, n'a mis cette règle continuellement à exécution ; lisez :

> Yver fait le soleil es cieulx
> Du mantel des nues couvrir.

Il a tout aussi souvent que le roi de Navarre péché contre cette règle ; ils n'ont eu tous deux que l'instinct poétique, c'est-à-dire l'instinct musical poussé à un plus haut degré qu'il ne l'était chez les écrivains de leur époque.

Mais s'il y a honneur dans la priorité du pressentiment, c'est à Thibaut qu'il revient.

Du reste, la part de Charles d'Orléans est encore assez belle sans cela. Si le comte de Champagne a été goûté à son époque, si Blanche lisait ses vers, le volume de Charles resta longtemps le compagnon inséparable de toutes les jeunes châtelaines.

Ne s'était-il pas fait leur maître? Ne leur donnait-il pas des conseils d'ami sur tout ce qui peut faire la beauté de la femme? Lisez ce vers admirable de concision et de vérité : c'est une règle qu'il donne à suivre.

> Haultain maintien démené doulcement.

Ne critiquait-il pas le mauvais goût de la toilette de son époque?

> Levez ces couvrechiefs plus hault
> Qui trop cuèvrent ces beaux visaiges.
> De riens ne servent tels umbraiges
> Quant il ne fait hale ne chault.

Et si elles lui pardonnaient ses critiques de bon goût aristocratique, n'avaient-elles pas pour l'aimer une raison plus forte que toutes les autres?

Ses conseils n'étaient-ils pas ceux de l'homme qui a autant souffert moralement que physiquement?

Ne leur dévoilait-il pas à chaque instant tous les dramés du cœur?

Ne les faisait-il pas rêver d'amour?

FRANÇOIS VILLON

—

Je suis François dont ce me poise,
Né de Paris, emprès Pontoise.

FRANÇOIS VILLON

Toutes les fois que le nom de Villon vient, de nos jours, se placer sous la plume d'un littérateur consciencieux, un scrupule l'arrête. Doit-il oublier l'homme pour ne parler que du poëte, ou doit-il faire la poésie responsable des fautes de l'homme ?

Le devoir du critique en littérature n'est évidemment pas d'éliminer le poëte en présence de l'homme.

Il ne fait pas de la morale, il cherche l'art partout où il le trouve : dans les charmes voluptueux et même lascifs de la mythologie grecque, comme dans les austères conceptions des moines espagnols.

Que Villon ait donc été *diligent*

> A tromper devant et derrière,

et habile dans l'*art de la pince et du croc*, nous n'avons pas à considérer ses capacités de filou, nous ne lui faisons subir en ce moment qu'un examen de poëte ; et nous savons d'avance que, malgré toutes ses friponneries, il méritera la couronne de laurier.

Malheureusement le nom et la gloire de ce père de la Bohême ont été une espèce d'excuse, une sorte de prétexte pour tant de ses disciples ! Si encore ils l'avaient suivi en tous points dans la route qu'il leur a tracée.

Mais parmi la peuplade qui s'est rangée sous son drapeau déguenillé, il y a eu

> Si peu de Villon en bon sçavoir
> Tant de Villon pour décevoir (*Marot.*)

que c'est, nous l'avons dit, avec un remords de

conscience qu'on lui accorde toute la gloire qu'il mérite.

Il a été de si mauvais exemple!

Déjà du temps de Marot, comme on le voit, on se plaignait du trop petit nombre de poëtes et de la trop grande quantité des *villons*. — Et son nom n'est-il pas resté le synonyme de *filou*, quoiqu'on se soit aperçu plus tard de l'erreur des étymologistes?

La morale ne gâte rien en littérature. Le poëte est en vue; il sort de la foule pour l'éclairer. Plus qu'un autre, il est exposé aux critiques; pourquoi donner prise à l'envie?

Si Villon lui-même eût été plus honnête homme, aurait-il été tracassé par un besoin incessant d'excuser ses fautes?

> Nécessité faict gens mesprendre
> Et fain saillir le loup du boys.

Et plus loin :

> Jamais mal acquest ne profitte.

Et lorsqu'il cède, dans son *Testament*, aux Quinze-Vingts :

Sans l'étuy ses grandes lunettes,
Pour mettre à part aux Innocents
Les gens de bien des deshonnêtes.

Ne serait-ce pas, par hasard, qu'il voulût s'excuser lui-même en voyant de la malhonnêteté de tous côtés, et en rabaissant tout le monde à son niveau ?

Il est bien cependant obligé de s'avouer à lui-même ce qu'il est ; sa conscience est là qui le tourmente avec le fouet du remords, et il finit par adresser au ciel un acte de contrition qu'il place, il est vrai, près d'un acte d'espérance :

Je suis pêcheur, je le scay bien,
Pourtant ne veult pas Dieu ma mort.

Singulière nature que celle de cet enfant de Paris : rires mêlés de pleurs, chants de douleur et d'espérance à côté de l'ironie la plus vive et de la philosophie la plus profonde !

Lorsque Boileau disait de Villon :

Villon sut le premier, en ces siècles grossiers,
Débrouiller l'art confus de nos vieux romanciers.

Boileau avait à la fois tort et raison.

Il avait tort en ce que — nous l'avons vu — la France a eu plusieurs charmants poëtes avant Villon.

Thibaut de Champagne est son prédécesseur, et n'a pas plus vieilli que lui; Charles d'Orléans a un langage plus poli, plus façonné, nous dirons-même, plus compréhensible que son contemporain.

Seulement il y a dans le sentiment qui a dicté à Boileau cet éloge en faveur de notre poëte, quelque chose qui se rattache au caractère du satirique.

Villon n'a pas été, disons-nous, le premier écrivain pur que nous ayons eu. Charles d'Orléans, par la nature même de ses relations avec la première société de son époque, devait avoir un style plus élégant que le Bohême des *Repues franches*. Mais il y a dans Villon cette gaieté, cet entrain, ce je ne sais quoi de vif, de piquant et de sentimental en même temps, que les Anglais ont caractarisé du nom d'*humour*.

Cette tournure d'esprit, inhérente à la nature même de notre poëte, a dû nécessairement influer sur le tour qu'il a donné à l'expression de l'idée. Le mot est peut-être moins français que chez ses devanciers ; la phrase est plus gauloise.

Rabelais, qui touche à Villon par tant de points, Rabelais qui vient bien plus tard est-il de beaucoup plus jeune que lui ? Et l'auteur de *Gargantua* n'est-il pas l'écrivain le plus national que nous ayons?

Devons-nous nous étonner alors, si, malgré son caractère libertin, débauché, ce vagabond s'est trouvé protégé par la main de Louis XI ?

Son esprit et sa verve sarcastique ne venaient-ils pas dérider parfois un moment cette sombre figure du roi ? Ses rêves ne le faisaient-ils pas rêver quelquefois ?

Lorsque je lis les vers de Villon, il me semble voir dans l'avenir se dresser la silhouette de Voltaire.

Écoutez-le : si d'un côté ses œuvres ont le cachet satirique et spirituel du roi du XVIIIe siècle, elles ont aussi parfois cette espèce de parfum qu'exhale, dans la solitude, l'âme de l'ermite de Ferney.

Je plaings le temps de ma jeunesse
Où j'ai plus qu'autre gallé (*fait le vagabond*)
Jusques à l'entrée de vieillesse,
Car son partement m'a célé (*m'a caché son départ*)

Et plus loin :

Bien il est vray que j'ai aymé
Et que aymerois voulontiers.
. . . .

Ne vous semble-t il pas entendre Voltaire jetant un regard sur sa jeunesse enfuie et voyant passer dans ses souvenirs les figures radieuses de celles qu'il a aimées?

Si vous voulez que j'aime encore,
Rendez-moi l'âge des amours;
Au crépuscule de mes jours
Rejoignez s'il se peut l'aurore.

Regret de Villon, regret de Voltaire que couronne chez chacun une maxime de sage.

On doit jeune cœur en jeunesse,
Quand on le voit vieil, en vieillesse.

Qui n'a pas l'esprit de son âge
De son âge a tout le malheur.

Peut-être est-ce encore chez Villon une excuse qu'il donne à ses débordements de jeunesse. Il se rejette sur la chaleur du sang.

Sceptique forcé par suite du genre d'existence qu'il a adopté, il se moque de tout, et cependant, malgré lui, un remords de conscience le saisit presque toujours, lorsqu'il a comprimé sa véritable nature sous la dégradation de la débauche.

Pourrait-on supposer, en effet, sans cela, que l'auteur des *Repues franches*, des *Conseils de la vieille Heaulmière devenue vieille* et de *la Ballade à la grosse Margot* soit l'écrivain délicat, le poëte mélancolique de la ballade des *Neiges d'antan*.

Dites-moi où n'en quel pays
Est Flora la belle Romaine ?
Archipiada ne Thaïs
Qui fut sa cousine germaine ?
Écho parlant quand bruyt on mène
Dessus rivière ou sus étan
Qui beaulté eut trop plus qu'humaine ?
Mais où sont les neiges d'antan ?

Il chante les courtisanes célèbres, Flora, Thaïs, Marguerite de Bourgogne ; il rappelle les amours d'Héloïse. Puis à côté de ces reines du plaisir, il célèbre les vertueuses Berthe, Alix, Jeanne la Pucelle.

Et savez-vous quelle est la personne à laquelle il adresse sa ballade? Cette personne, cette divinité, c'est celle qui a relevé la femme de la faute première, c'est la protectrice naturelle du sexe qu'il chante. C'est la Vierge, la Mère du Christ.

> Où sont-ilz, Vierge souveraine?
> Mais où sont les neiges d'antan?

C'est à elle qu'il demande ce que sont devenues ces vierges et ces courtisanes.

Ne vous semble-t il pas entendre notre grand chansonnier moderne?

> Vierge défunte, une sœur grise
> Aux portes des cieux rencontra
> Une beauté, etc.

Elles arrivent toutes deux,

> L'une sur les ailes des anges,
> L'autre sur l'aile des amours.

Le sentiment déborde dans cette poésie. C'est

cependant l'auteur des *Repues franches* qui l'a écrite.

Comment expliquer cette espèce de contradiction ?

C'est que chez Villon souvent l'esprit a égaré le cœur, mais n'a jamais pu l'étouffer complétement.

Le poëte, le philosophe, l'artiste empruntent toujours au milieu dans lequel ils vivent un certain ordre d'idées auxquelles ils doivent nécessairement sacrifier.

Charles d'Orléans était né prince ; il a été prince dans toutes ses productions ; il a été gracieux, coquet, fin, délicat.

Villon est l'enfant du peuple ; ses images sont plus fortes, plus brusques, plus saillantes.

Il a vécu dans le désordre ; ses poésies se ressentent du libertinage et de la débauche.

Charles chante en s'accompagnant sur la mandoline ; il chante les fleurs, les oiseaux, la campagne ; il soupire après la liberté qui lui rendra ces douces jouissances.

Son âme ne désire pas autre chose. Que

pourrait-il souhaiter en effet ? il a tout, rang, titres, fortune.

Villon chante bien aussi la nature, car il la voit comme son rival en poésie ; mais il est d'autres sentiments que sa position a dû faire naître en lui.

Il n'occupe qu'une place bien minime au bas de l'échelle sociale ; il n'a pas de noblesse de parchemin ; il ne possède rien.

Et cependant sa nature est avide de jouissances ; ausssi parfois, il jette une espèce de cri d'envie contre cette richesse, contre ce rang qui ne lui sont pas échus en partage.

Pourquoy larron me faiz nommer ?
Pour ce qu'on me voit essainer
Sur une petiote fuste ?
Si comme toy me péusse armer,
Comme toy empereur je fusse.

C'est l'histoire de ce pirate, Diomède, qui, pris par les vaisseaux d'Alexandre le Grand, et amené devant le roi de Macédoine, lui dit qu'entre eux deux, il n'y a que la différence de la fortune. Tous deux sont pirates, seulement l'un est pirate roi.

Ne vous semble-t-il pas lire la fameuse ode de Jean-Baptiste Rousseau :

Fortune, dont la main couronne
Les forfaits les plus inouïs,
Du faux éclat qui t'environne,
Serons-nous toujours éblouis ?
. . . .
. . . .
L'inexpérience indocile
Du compagnon de Paul Émile
Fit tout le succès d'Annibal.

Mais aussi devant la mort cette envie s'arrête. Si le bohémien n'en a pas peur, il est cependant bien obligé de courber la tête. Tant d'autres, et de plus grands, l'ont fait avant lui !

Princes à mort sont destinez
Comme les plus pauvres vivants.

Un poëte n'a-t-il pas dit plus tard :

Le pauvre en sa cabane, où le chaume le couvre,
Est sujet à ses lois,
Et la garde qui veille aux barrières du Louvre
N'en défend pas nos rois.

Quelle profonde philosophie, quel sentiment triste et rêveur à la vue du charnier de Montfaucon !

Quand je considère ces testes
Entassées en ces charniers ;
Tous furent maistres des requêtes,
Ou tous de la chambre aux deniers.
. . . .
. . . .
Et icelles qui s'inclinoient,
Unes contre autres en leurs vies,
Desquelles les unes régnoient
Des autres craintes et servics ;
Là les voys toutes assouvies
Ensemble en un tas pesle mesle ;
Seigneuries leur sont ravies,
Clerc ne maistre ne s'appelle.

Il y a chez Villon, dans tout ce qui touche à ce sentiment que lui inspire la mort, une poésie d'une mélancolie profonde.

Il n'a pas peur ; la mort lui apparaît avec sa face sombre, ses yeux ternes et caves, mais il la voit en philosophe, il la considère en artiste, et s'il lui échappe une plainte contre elle, ce n'est que lorsqu'il a quelque ami à regretter.

Où sont les gracieux gallants
Que je suivoye au temps jadis ?
Si bien chantants, si bien parlants,
Si plaisants en faicts et en dictz ?
Les aucuns sont mort, et roidis ;
D'eux n'est-il plus rien maintenant ?

Respit ils aient en paradis,
Et Dieu sauve le remenant.

Mais s'agit-il de lui, de son existence, il n'y pense guère. Il a trop goûté de la vie pour la regretter, il l'a épuisée jusqu'à la dernière goutte.

Item, mon corps je donne et laisse
A notre grand'mère la terre,
Les vers n'y trouveront grand gresse
Trop lui a faict faim rude guerre.
Or lui soit délivré grand erre (*chemin*)
De terre vient, en terre tourne,
Toute chose se par trop n'erre
Voulentiers en son lieu retourne.

Cependant il est une déesse qui ouvre le chemin à la mort. Oh ! la vieillesse, il ne peut pas la sentir; quelquefois sa haine pour elle a le caractère de l'acrimonie; quelquefois, au contraire, il rêve, et lorsque sa figure vient à passer dans son rêve, il l'arrête pour lui reprocher doucement sa venue :

Mes jours s'en sont allés errant
Comme dit Job, d'une touaille,
Sont les filetz, quand tisserant
Tient en son poing ardente paille.

Quel est l'artiste qui, de nos jours, n'a pas été séduit par le livre sublime de Job! Villon l'avait lu, et cette épopée sublime de douleur et de résignation avait dû remuer son âme vive et impressionnable. Aussi, l'a-t-il rendue en s'en appliquant certains passages, et nous osons dire que sa douleur est au moins aussi profonde et aussi belle que celle de l'écrivain sacré.

Dies mei velocius transierunt quam a texente tela succiditur, et consumpti sunt absque ulla spe.

Nous avons jusqu'ici analysé chez Villon l'homme autant que l'écrivain. On comprendra facilement pourquoi. C'est que sa poésie tient intimement à sa vie, découle nécessairement du genre d'existence qu'il a adopté. Aussi avons-nous confondu le bohême et le poëte.

Que nous reste-t-il à faire ?

Nous étendrons-nous dans des recherches bibliographiques sur ses œuvres ? D'autres et de plus éclairés l'ont fait avant nous ; d'ailleurs, nous l'avons dit, nous voulons autant que possible écarter l'archéologie de nos petits essais.

Cependant, qu'il nous soit permis de dire, en passant, que Marot a donné, des œuvres de

Villon, une édition qu'il a eu le tort de vouloir rajeunir comme tout ce qu'il a touché.

Si nous constatons ce fait, c'est que dans la préface qu'il met en tête de son édition, nous avons trouvé de justes éloges donnés au poëte. C'est qu'il a rendu honneur au talent de son prédécesseur. Cet éloge, nous le citons tout entier. Ce sont des conseils donnés aux jeunes littérateurs.

« Qu'ils cueillent ses sentences comme de belles
» fleurs, qu'ils contemplent l'esprit qu'il avait,
» que de lui ils apprennent à proprement des-
» crire, et qu'ils contrefassent sa veine, mes-
» mement celle dont il use dans ses ballades
» qui est vraiment belle et héroïque ; et ne fay
» doubte qu'il n'eust emporté le laurier devant
» tous les poëtes de son temps, s'il eust été
» nourry en la court des roys et des princes, là
» où les jugements se amandent et les langaiges
» se pollissent.

» Les œuvres de nostre Villon sont de tel ar-
» tifice, tout plain de bonnes doctrines, et
» tellement painct de mille belles couleurs, que
» le temps, qui tout efface, jusqu'ici n'a su

» l'effacer. Et moins encore l'effacera ores d'icy » en avant, que les bonnes escriptures fran- » çoises sont et seront mieux cogneues et re- » cueillies que jamais. »

Cet éloge est un peu long, mais nous l'avons cité tout entier pour montrer jusqu'à quel point étaient appréciées les œuvres de notre poëte par ses contemporains.

Déjà du temps de Marot, comme on le voit, on pouvait se plaindre de la vieillesse de langage du bohême. Son style avait dû nécessairement vieillir; il s'était inspiré un peu trop dans les rues; mais cependant on le prenait pour modèle.

C'est que le charme de sa poésie est surtout dans l'idée, dans l'esprit, dans la tournure.

Et cependant il est une observation qu'on peut faire en lisant ses ballades. C'est que la rime est, chez Villon, plus riche que chez tous ses contemporains.

On a déjà pu le remarquer par la ballade des *Neiges d'Antan* et par celle qu'il adresse aux amis qu'il a perdus.

Certes, on ne dira pas qu'à cette époque

c'était de parti pris qu'il cherchait la richesse de la consonnance finale. Non, c'était par une espèce de sentiment musical qui lui appartenait à lui seul, et qui se retrouve, non-seulement dans les morceaux de sentiment, mais encore dans ses jeux d'esprit, dans ses saillies les plus vives.

Item, ma nomination
Que j'ai de l'Université,
Laissé par résignation
Pour forclore d'adversité,
Povres clercs de ceste cité
Soulez cest intuidist (*testament*) contenues
Charité m'y a incité
En les voyant nuds.

Villon chantait partout, il chantait toujours, aussi son sentiment musical s'est-il traduit au plus haut degré dans ses œuvres.

Nature privilégiée que celle de cet homme qui trouvait encore une note au pied de la potence, comme trois cents ans plus tard André Chénier en présence de l'échafaud.

Seulement, chez le premier, c'est encore le rire.

Je suis François, dont ce me poise,
Né de Paris, emprès Pontoise ;
Or d'une corde d'une toise
Sçauvra mon col que mon cul poise.

Il lance une épigramme à ce Paris dont il connaît si bien les vices et les ridicules.

Chez André Chénier, au contraire, c'est un soupir de regret, de douleur et d'amour.

Comme un dernier rayon, comme un dernier zéphyre
Anime la fin d'un beau jour,
Au pied de l'échafaud j'essaie encore ma lyre :
Peut-être est-ce bientôt mon tour.

Le caractère des deux poëtes se retrouve encore dans leurs derniers vers. Chez celui-ci c'est une larme, chez celui-là une ironie.

La poésie n'est-elle pas un reflet de l'âme?

FIN.

TABLE

FIN DE LA TABLE.

www.ingramcontent.com/pod-product-compliance
Ingram Content Group UK Ltd.
Pitfield, Milton Keynes, MK11 3LW, UK
UKHW020328180726
13839UKWH00002B/599

9 782329 571591